U0058947

名流詩叢 10

回歸大地

Come Back To Earth

〔蒙古〕森道·哈達（Sendoo Hadaa）◎著

李魁賢◎譯

我在此高原出生
何時從馬背滑落

以天幕為家
以草為被……

作者簡介

　　森道・哈達（Sendoo Hadaa, b. 1961），蒙古著名詩人、翻譯家，出生於上都，蒙元帝國的京城，童年在桑根達賴度過美好時光，家族屬於正藍旗，就讀蒙古國立師範大學，涵泳於蒙古古典文學，對蒙古史詩，尤其是十三世紀前的韻文詩，造詣很深，並投入蒙古民間文學研究、蒐集、整理工作，在內蒙古藝術研究所時也收集察哈爾、科爾沁、鄂爾多斯和呼倫貝爾等族不同風格的民歌，還親自採訪過最原始民間老藝人，和末代薩滿巫師。

二十世紀八十年代中期在中國的廣西民族出版社出版漢語詩集《牧歌和月光》（全部寫草原題材），一舉成名，被譽為中國蒙古先鋒代表性詩人之一。

八十年代末，回到蒙古共和國，在烏蘭巴托與族人生活在一起，受到很好待遇，來自草原，回歸草原，開始用新蒙古文和英文寫詩。

哈達的詩已被譯成三十餘國文字，獲千禧年詩人獎、最佳詩人獎、文學成就獎、詩貢獻獎等，2006年創辦世界詩歌年鑒，被學界視為最值得關注的詩人之一。2008年獲得創造性寫作大獎，2009年蒙古作家聯盟獎得主。現任蒙古國立大學教授，擔任加拿大國際詩歌委員會委員，英國《國際文學季刊》評論顧問編輯。

譯　序

　　2005年起去過蒙古三次，在烏蘭巴托與蒙古詩人們歡聚、旅遊古都哈拉和林、跑過無際大草原、深入戈壁沙漠，勤讀蒙古史書，對蒙古歷史、文化、生活、習俗等，有了粗淺的理解，讀到哈達的詩集《回歸大地》，對他深情歌詠蒙古的心靈，大為動容。

　　認識哈達是一個遲來的機緣。1982年以台灣、日本、韓國為主的詩人發起創辦《亞洲現代詩集》，因而促成在三國輪流舉辦亞洲詩人會議，歷經五屆，其間時有擴大邀請其他國家參與的呼聲，1987年的第三屆亞洲詩人會議台中大會，即有馬來西亞文化觀光部次長阿濟茲・德拉曼帶隊參加，很希望有機會承辦，翌年他轉任馬來西亞教育部發展局長，專程來台接洽，我在台北宴請他，邀台灣主事詩人會商，不久接到開會邀請函，但不知何故，雖然也請了韓國詩人，

但漏掉其領導人，因而受到杯葛，台灣也莫名其妙跟著拒絕組團參加。那一次馬來西亞以東南亞詩人會議名稱舉辦。

1995年第五屆亞洲詩人會議日月潭大會時，印尼詩人理容・阿古斯塔也極力爭取能在雅加達舉辦，我設法安排時間讓台、日、韓三國主腦詩人與阿古斯塔會面，聽聽他的願望，由於日本詩人秋谷豐與台灣對口詩人意見不合，開始疏離，未來日月潭與會，主事者又昧於情勢，未能成事，秋谷豐想在中國舉辦，沒有找對人，蹉跎未果，轉而找到蒙古，1999年由哈達在烏蘭巴托主辦了第六屆亞洲詩人會議，而台灣詩人完全被蒙在鼓裡，毫無資訊。

2003年我決心從南亞的印度，再轉往北亞的蒙古進行詩交流活動，承日本詩人也是日蒙交流協會理事長有馬敲介紹哈達，一開始書信往來就談起台蒙詩交流活動的具體想法，接著立刻付諸行動，我深深為哈達為人做事的熱心和積極所感動。短短六年之內，我們聯手促成三次台蒙詩歌節，互相介紹對方詩人的作品給本國讀者，推展實質有益的詩文學交流。

哈達積極進取的做事精神和能力，令人敬佩，他精通蒙、漢、英、俄、日、德、世界語，具備罕見超人的語言才華，是從事國際詩交流最佳人選，深感有幸能與他共同推展台蒙詩歌交流活動。近幾年來，在烏蘭巴托舉辦過多次規模宏大的國際詩歌節，哈達都熱烈參與，又往往實事求是，從事幕後實際工作，不在台上亮相。2006年哈達創辦《世界詩歌年鑑》，特別提供超越國際比例原則的大量篇幅給台灣詩人。我對蒙古的傾心，自嘲快要成為蒙古詩人了，而哈達對台灣的傾心，大概也差不多可算是台灣詩人了。

2009年哈達出版《回歸大地》詩集，列入世界詩歌年鑑叢書，受到國際詩壇矚目，立刻就有希臘文譯本出版，世界詩歌年鑑同時出版了拙著《黃昏時刻》蒙英雙語版，使我和哈達聯手活動更增加一個鎖鉤。《回歸大地》是一本描寫蒙古大草原的抒情詩集，充溢著詩人對蒙古一往情深的愛，他也代表著一部分的蒙古人，出生於被劃歸入中國疆域的故土，但設法移居回到所認同的蒙古故國，這才是他們的大地，接受長生天的撫慰和保佑。

台灣和蒙古，相距天南地北，加上歷史教育的有意扭曲和政治環境的人為藩籬，彼此相當陌生，但詩是無遠弗屆的橋梁，心是人與人之間最短的距離，透過詩不只體會一個美感經驗、瞭解一位詩人心靈成長的記錄、琢磨一個民族遭遇過的榮辱曲折，還可以審視一個國家興衰起伏的歷程。

　　2009年7月參加烏蘭巴托第三屆台蒙詩歌節回國後，我一直催促哈達出版《回歸大地》漢語本，但他說已習慣用蒙語和英語寫詩，創作和翻譯又是兩回事，自己翻譯自己的詩似乎又非創作的原意，於是我挑戰自己去翻譯一位本身精通漢語的蒙古詩人用英語寫作的詩篇成為漢語譯本的特殊任務。我每譯完一首詩，立刻傳給哈達，我們彼此斟酌修訂，甚至改變原作的意象和表達方式，我不再只是他者（譯者），而是真正參與者，我全心融入，在和哈達反覆商討中，對蒙古瞭解更多，我不但付出，更多收穫。

2009.09.12

目次

童　年

我像蜻蜓在明淨的水面上飛翔

我像蚱蜢在高聳的乾草堆上吟唱

我像蝴蝶在月光的花卉上揮撒花粉

我像雲彩越過天空飄逝

我像群樹在月湖周圍優雅擺動

我要讓海風的翅膀在我心中甦醒

我要央求蜜蜂留下蜂蜜給母親

我要驅策小鹿踏出幽暗的夢境

我要讓我飼養的小紅雀進入雨夜

我要讓蜻蜓在明淨的水面上飛翔

春日初夢

在蒙古陰曆年[1]夜

我決定不再想念妳

我要想想自己

可是就在此雞年首夜

我幹嘛還是夢到妳

白天所逝只能在夜裡復活

此生所失會在來生出現嗎

茨維塔耶娃說過

愛情無限

終極不朽的是世界

飄浮的雪片

積在月下的馬眼中

黎明的柵欄上

---

1. 蒙古陰曆年（bituun），春節查幹薩拉（Tsagaan Sar），也有意譯
   成「白月」，查幹是白色，薩拉是月。查幹薩拉通常與漢族春節相距
   一個多月。

扭　曲

過去無數的鷹常在天空翱翔

如今天空中看不到一雄鷹

妳曾是快活的夜鶯

在綠光月夜裡歡唱

森林與妳何有哉

世界始終被強權霸佔

大地失落的記憶為何依然存在

天空留下來為何卻不是妳的天空

勒勒車[1]嘎然停止

沙塵暴是妳最後的風景嗎

---

1. 勒勒車是木輪牛車,蒙古遊牧民遷徙時,載運蒙古包和家具用品等,
   迤邐成大草原上的一道風景。而今古老的木輪牛車,已被汽車、摩托
   車等交通工具所取代。

根　源

我活著　　看到

河流的根源　草的根源

天空的根源　岩石的根源

詩的根源

我過世時　　會夢到

根源的詩　　根源的岩石

根源的天空　根源的草

根源的河流

蒙古長調[1]

聽妳吟唱

我想起

一條藍綢般的河流

一隻溜走的淘氣小馬

一個笑嘻嘻的晴朗春天

一對戀人間的蜜吻

一碗可口新鮮的奶茶

一張精雕鏤刻的古代案桌

一台沿曲徑顛簸的牛車

一堆石頭疊起的敖包

一行飛過天空的雁子

一片孤獨如我的天空

一場重病

在廣大的綠草原

在北亞

最後未受污染的蒙古包

最後的自然遊牧部落

夢幻般更新的馬頭琴

最後的遊牧民族向世界的最後海洋前進

　命運的舞者

　靈性生命的歌者

_____

1. 蒙古長調（Urtiin Duu）是一種民歌形式，歌聲時而悠遠深沉，時而
　蒼涼遼闊，無樂器伴奏，歌者能一口氣唱達半小時，Norovbanzad是
　最著名的蒙古長調歌唱家。

吻

饑餓想吻麵包

流亡想吻祖國

雪花想吻草原

草原想吻藍天

雨滴想吻土壤

妳想吻我心靈

妳的吻淨如清早的露珠

妳的吻純如凌晨的霜花

邊　界

火車亮燈冒著暴風雪匍匐前進

鐵絲網糾纏延伸到深遠

偶爾聽到一兩聲狗吠

冷風已吹過邊界路標

然而你在此可以呼吸

世界最美妙的空氣

火車已進邊界小站

必須換車輪

檢查旅客護照行李

老幼必須忍受暗夜孤寂

遠方遊客　必定非常想家

我卻看到候鳥

正追逐春天

我追逐的夢　就像小草

被雨淋濕　日光沐浴

桑根達賴[1]

桑根達賴　我的老友

我十五歲時

古老牛車把我帶到你身邊

酣睡的馬匹在晨風中醒來

黃昏時牛犢在吸母牛的奶

我躺在溫熱的沙丘上感到一陣涼意

桑根達賴　我的故鄉

小紅馬在鋪蓋駱駝草的地上馳騁

而今文明的火車橫越你大地的胸膛

我卻突然感到傷心

我住過的蒙古包消失不見了

我摟抱過的樹消失不見了

---

1. 桑根達賴（Sangiin Dalai）指察哈爾草原上的一個地名，哈達在此度
   過童年的美好時光。在蒙古草原也有其他地方同名。蒙古文的桑根達
   賴意思是「智慧之海」。

灰騰錫勒[1]

　　灰騰錫勒　我童年的樂園

　　最美的是蒙古包裊裊直上的炊煙

　　而今遊牧的羊群養在圍欄內

　　只見月光照在乾草垛上

　　啊　灰騰錫勒　我記憶的青草地

　　草長得比野黃羊還要高

　　冰雪整年覆蓋著敖包山

　　山風呼嘯聲像是

　　在草原上空滑翔的老鷹

---

1. 灰騰錫勒（Hutten Shil），蒙古文意思是「寒山稜」，位於內蒙古錫
　林郭勒草原，水草豐美，綠草高過綿羊，是古詩所形容「風吹草低見
　牛羊」的景緻。

柏格多山的月亮

今夜我抬頭望妳

發現妳變黯淡

白鹿的蹄印

在雪地上消失

山谷的回聲

追逐蒼狼影子

斑斑足跡

已深埋

月光散碎

岩石似鏡

草原的風曾敲開
歐亞大陸的夜扉

今夜群星躲藏在何處
老天忍受空虛的折磨
雪山忍受孤寂的折磨
眼睛忍受背叛的折磨

速　描

黃昏溫柔的花朵

晚間小屋橘黃色的燈光

父親為我擎起明亮的天空

我用溫和的眼神仰望星星

我會說話的眼睛

發現世界的淚水匯集成河

我一隻顫抖的手想握住更多的手

我一株結疤的樹生出紅潤的蘋果

我一艘沙漠中的駱駝想涉過海洋

我最後的北冰洋正在溶化

我最後的歌聲是傾斜而下的瀑布

我最後的記憶是不再飛揚的雲雀

　　　卻淚灑空中

給帕茲[1]

在拉丁美洲天空下

在你藍海懷抱裡

我深受美哉太陽石所動容

我沮喪的內心為此神祕之石震顫

宛如看到被子孫遺忘的蒙古古文

我看到搖擺的群樹像我愛過的美女秀髮

我看到水泉處處像滿懷悲痛的大地眼睛

輪迴的太陽石

讓我進入清晰卻支離破碎的夢境

讓我接近親切但遙遠的故鄉

我乘小舟在太平洋大海上漂盪

我在詩旅中經過阿茲特克族太陽曆碑石時

彷彿聽到太陽神在呼喚我的名字

我循聲走進水晶般秋日長廊

就像走入寒冷的上都

我逐一穿過透明的石拱

就像靠身在哈拉和林城門

萎謝的薔薇在我心中悄悄怒放

我喪失的魅力因太陽石的感召再度發光

海鷗在墨西哥灣上空振翼

然後翻身俯衝過明亮的沙灘

生命的太陽石

正是一首懷鄉詩

展示在礁岩與海浪之間

---

1. 帕茲（Octavio Paz, 1914-1998），墨西哥詩人，獲1990年諾貝爾文
   學獎，《太陽石》為其代表作，描述他鍾情於輪迴的時間。太陽石是
   一塊巨石，阿茲特克族人的文物，鏤刻著古代墨西哥行曆。

孤獨之歌

黃昏時我趕著羊群回家
黃昏時我趕著羊群回家

我是不知疲倦的紅牛
在驕陽當空下耕作
用犁歌唱別人的豐收
不在乎自己所得

或許土地的收成
就像我的愛情
牧民秋收嫩牧草
我收割自己的希望

我是變種的野馬

越過世紀的籬笆

舌頭吸吮月亮乳汁

夢中出現美麗的塩

我追尋小溪流向大河

高原風向越過草原

家鄉低空的雲彩

臉上縐紋的智慧頭額

我和女神一同漫遊

在乾涸的河床上

黃昏時望著炊煙

結束悲傷表示開始微笑嗎
結束卑鄙表示開始純潔嗎

我留戀天邊落日
追趕失散的小羊

影　子

或許爬行的蛇是影子

棲在樹枝上的烏鴉是影子

鼓動的翼是影子

白衣是影子

歷史是影子

或許在我心中的影子

是童年

而童年的影子

是父親

或許影子是

祖父鬍鬚的記憶

藏在你我心裡的傷痕

或許影子成長

自長夜的夢魘

自驚遇陌生人的窄巷

自人類自我毀滅的戰爭

對失去自由的人

天空是影子

對失去丈夫的婦女

床是影子

對失去祖國的人

國籍是影子

對失去靈魂的人

生命是影子

所以我想知道

未來的影子是什麼

過去的影子是什麼

自己的影子是什麼

影子的影子是什麼

蒙古包

在銀色的月輝下
星星群集在天窗
草浪在森林裡
呼嘯

永遠敞開的門
習慣了藍天白雲
牧童們騎馬摔角
不像城市愛哭的孩子

四季素描

白雪封山
野兔依然沒有冬眠

小馬春眠在暖風裡
在夢土上打滾

牛車遷徙到夏天打穀場
旭出月落兩相望

秋日獵犬守望主人
看似遠眺孤獨天空

風

赤裸的來

赤裸的去

我們降生時

只有風

我們死去時

只有風

在我夢中

只有風撫摸著枯髮

越過死亡的界碑

只有風乾乾淨淨

走過大地

吻過寧靜的天空

難道不是只有風

怒吼活著的卑鄙

風的芬芳何處去

風的報應何處來

我們一無所知

這天上的風

這流落的風

這歌唱的風

高原太陽

琥珀色太陽已西下

我迷失在上都夏宮

秋天遍地羊群

我迷失在

開滿蕎麥芳香的微風

六月冰天雪地

昨夜沙塵暴

我迷失在虛擬花園

王國夢幻

熟悉又陌生的城市

我迷失在地鐵

一本新出版的書

我迷失在俄羅斯文字裡

我該抽身回頭嗎

雪花如白髮飄舞

條條大路通世界

家卻還躺在一片濃霧中

我看到

我看到你擁有美麗的世界

最強盛的國家

生靈哀號的殖民地

我看到你吸地球血飲石油淚

你想吞下整個浩瀚宇宙

只有海鳥在為和平謳歌

我看到黑髮逐一灰白

夜來香花瓣逐一流亡

太平洋的鯨魚

被許多猙獰的面孔

追捕獵殺

我看到這無情的新世紀

生活在北冰洋的北極熊

找不到歸途

我看到世界呼喚晴朗開明的早晨

可是在饕餮貪婪的城市

在小草和土地無望的眼神中

在傷痕累累的全球化地球村

飛彈逐一射入太空

我看到森林的眼睛

沒有為倒下的一棵樹而哭泣

我看不到豺狼和羔羊

在荒原上握手言歡

稻草人無法帶來春的訊息

我看到我生命的樂觀思想

心事重重飛越過

黑夜的盡頭

和平頌

和平啊　這好名字

是全人類所賦予

是曾經挨餓流血流汗的人所賦予

是不同民族和國家的流亡者所賦予

是在異邦過著卑屈的生活

無家可歸的人所賦予

和平啊　你有無數受難的兄弟姊妹

有數以百萬計的老母親

淚眼汪汪久等兒子

盡快從戰場復員還鄉

和平啊　你的悲傷是父親和祖國的悲傷

你的笑容是岩石和街燈的笑容

和平啊　你是復活土地的親吻

夜裡還鄉人的擁抱

奧林匹克冠軍頭戴的

橄欖枝所編成月桂花環

日月的老友啊

帶給我們太平　和諧　幸福

你是神　你是世界　你是自然萬物

和平啊　沒有你

時間像惡魔在白天出現

生命像死亡的陷阱

月光像不斷的雨絲

和平啊　你回來的早晨

可以看到候鳥飛越城市上空
看到人們手舞足蹈

靜

哈拉和林　緩緩飄移的浮雲

我的濕掌握著一把草

我等待什麼

我什麼也不等待

古老的太陽看著我

我看著古老的太陽

我期望什麼

我什麼也沒期望

遊牧人

在火紅的沙漠

迎接金秋最後到來

遊牧人徐徐牽領著駱駝

一隻獵犬跟在後

他們選定的路程會比我遙遠嗎

廣大無際的戈壁連著天空

蒙包古在高高駝峯上搖晃

好像在藍色高原上炫目

心中這綠色帝國從未崩潰

雪白的蒙古包是我最後的家園嗎

新幹線

新幹線像馬匹在草原奔馳

車廂內靜悄悄

有人讀報紙

有人低聲嚼午夜點心

黑暗中馳過新大阪和名古屋

我眺望千哩海灣

突然感到孤單

這時有日本人遞給我一杯濃咖啡

我知道自己身處異國

卻幻想新幹線鋪在

我的蒙古草原上

新幹線要載我去繁華東京

為何眼淚從我心中湧出

跨　海

走過首爾

走過千山萬水

我要告別世界的悲傷

然而告別悲傷不可能

跨海

有人會緊緊抓住我的手

離開烏蘭巴托

千鳥萬樹要我

拋棄人間的不公

然而毀滅我已不可能

跨海

有人會狠狠傷害我的心

雪　景

有一天早上

雪花飛舞

落在我臉上

街上樹上

新年將臨

北方夜空寒寂

星星見我

正當四十

是時

鮮血像清晨豔麗

如今貧血

依然堅持寫詩

直到最後一天

像梵谷

把向日葵

播撒

在整個世界

共 鳴

滿月在天

我們馳往中戈壁

草原的夜湛藍遼闊

駱駝緩緩前行

就在我們接近時

瞬間失去蹤影

我必須找回這神祕影像

看清楚牠的影子

甚至用手觸摸牠的形體

在青銅岩石上

遊牧人的岩畫

安慰我失落的眼睛

晴朗的高原

從阿爾泰山到興安嶺

從貝加爾湖到大興安嶺山脈

牛羊成群漫遊在

向陽的山坡上

鷹隼盤旋

穿越太平洋的野馬已回歸故里

自從開天闢地出現人類

祖先就勞動漁獵

河流森林草原戈壁

無盡的鮮花奶蜜

祖輩遺產如繁星

跨越多瑙河的野馬已回歸故鄉

驚　夢

　　在微笑的花叢裡

　　妳和我像蜜蜂追逐

　　交換愛的禮物

　　在冰冷的墳墓裡

　　我和妳停住匆忙的腳步

　　傾訴彼此的失誤

白　夜

撲朔迷離的雪花

在妳長長的睫毛上

等待融化

藍色的月光下

在妳貪婪的舌尖上

我像一塊乳酪溶化

妳的笑容

我

來自

大草原

沒見過這麼多美麗花朵

正如妳未看過這麼漂亮的雪花

悠然飄浮在夜空

妳生活在南國

我不能把妳帶走

妳

是盛開的紫丁香

把我的衣衫染香

我將獨自回到珊瑚色的戈壁

畫夜思念那片香蕉林

在這世界上

我願放棄一切

只保存妳那迷人的笑容

我不是沒有家鄉

我不是沒有家鄉
感到傷心時
就這樣自言自語

我不是沒有家鄉
我的家鄉是上升的太陽
如今看似淒冷的月亮
眉頭鬱結深鎖

我不是沒有家鄉
我的家鄉是濕透的草堆
誰來把它翻動曬乾

北國之冬

我不信

在我之後

北方和南方會一如現在

馬頭琴之弓

有時也會淌下眼淚

我會老　然後躺下沉睡

在北亞的草原上

某天早晨　冰封的北國

會回到我永遠安寧的血管

像克魯倫河　鄂嫩河　土拉河[1]

---

1. 發源于肯特山脈不兒罕合勒敦山（Burkhan Khaldun）（蒙古的聖
   山）的三大河流，成吉思汗成長發跡之地。

眼　睛

靜謐的網　五點五十五分

黎明　我睜開眼睛

我如何阻止這場奇襲

心頭似汪洋一片

直到夜疲憊

手臂像皺巴巴的床單

突然眼睛哭出聲音

我不知如何闔上眼簾

致葉賽寧

牛欄上空懸掛的新月

白樺樹林間的霧靄

深沉廣闊的伏爾加河

謝爾蓋・葉賽寧[1]呀

我又拿起你的詩集

像拿起一把利劍

但我已不再狂如猛虎

也不會再像嗥狼

我的聲音是寂靜的戈壁

沿著樹皮滲透的汁液

痛苦的心

像一團毛線球在顫抖

你還沒到我這年紀

就毀掉自己的青春

像揉碎一朵花

我的親人和你一樣迎向朝暾

可是我看見世界的暴風雪

還在作惡作孽狂鬧

謝爾蓋呀　也許

你已變成閃亮的星星

我知道人生只有一次

真正的愛情也只能一次傾心

我在蒙古高原盡興醉飲過

也為你的母親俄羅斯

在考驗中變得堅強而高興

塔塔爾人入侵過你的家鄉梁贊

這件事令我感到慚愧

如今痛苦如漫長歲月

壓在我心胸

唉　別提這事了

說真的　我也盼望有一天

吻著愛人的嘴唇死去

像你不悔恨　不呼號　也不哭泣

在甜蜜夢中嚼著乳酪

躺在故鄉灰濛濛的蒼穹下

---

1. 謝爾蓋・葉賽寧（Sergei Esenin, 1895-1925），二十世紀俄羅斯田
　 園詩人，發起意象派運動，十月革命後，對社會改革失望，以自殺結
　 束生命。

短　信

黃昏降臨

我是大地之子

入夜時

我像星星

沉醉在幸福裡

想讓全世界知道

我不孤單

夜過維也納

傍晚降臨

月光蕩漾的多瑙河

我曾幻想過擁抱妳

不過當時什麼都不可能

只有在萬籟靜寂中讀里爾克

期待糾纏不清的夢

靠佛洛伊德老人家拆解

夜幕低垂

舒伯特小夜曲回蕩

美麗的阿爾卑斯山隱約可見

我多麼想親吻妳

藍色的夜空

可是計程車正等著我

到布拉底斯拉瓦

哈拉河
——寫給一匹蒙古馬

哈拉河在星空下

有月色　有草　有風

深藍色的煙霧落下來

商人和我主人在討價還價

我怕好夢到潮濕的早晨會破滅

我隨時準備拋棄靜夜

在你最需要我的時候

但我今夜淒寒孤單

主人對我鐵石了心腸

這些淚水怎能流向天上

被遺忘的帝國

巴比倫溢滿玫瑰香

羅馬帝國金碧輝煌

已凋敝在

琥珀色的歷史沙粒中

女真　契丹　西夏王朝

像一條條大河

什麼也沒能留下

只見空曠沙漠

哈拉和林[1]的光芒

曾經照亮中世紀的黑暗

回望忽必烈汗的大都[2]

像真珠

隱藏在地球的末端

帝國已然空茫茫

像殘陽沉落上都³

昏君沉醉美酒夜光杯

不醒山河已破碎

---

1. 哈拉和林是蒙古古都，十三世紀蒙古帝國中心，離現今首都烏蘭巴托400公里。
2. 大都即今北京，忽必烈汗征服中國後，1264年定都燕京，時稱大都。
3. 上都亦偶夏都，忽必烈汗1259年先定都於此。

天地河流和我

土地裂痕斑斑的身體
仰望著河流的上空

天空的河流
洗不掉歷史的悲哀

岩石凝固的血跡
已沉睡百年

靈魂脫離了軀體
如同鬼影

回到我想像星空下的草原

銀河像是母親的搖籃

騎上父親的花馬

我沿著太陽河道飛奔

從奄奄一息的夢中

我的雙手開始甦醒

在黑森林裡挖掘

尋找祖父失落的馬鞭

除　夕

此刻
人人都已回家
供佛像
點亮油燈

此刻
全家喝馬奶
告別舊歲
迎接蒙古春節[1]

此刻　我在想
時間能不能倒流

愛情會不會逝去

流浪者是不是悲傷

此刻　除夕夜

萬家燈火通明

烏蘭巴托街道上

行人已稀少

---

1. 按蒙古春節習俗，人人互贈哈達，家家以奶酒、羊肉、乳酪等為
   主食。蒙古人尤喜愛白色，視為純潔、和平的象徵，蒙古春節亦稱
   白月。

另一片天空

想想我多笨

去征服烈酒

反傷了自己的胃

珍惜這種痛

釋放這隻鳥

是最美的教訓

至於你我

不再彼此怨恨

就好

你我會

偶然邂逅在

另一片天空

上都悲歌

1

上都[1]啊　你在天上呼喚我

我應聲來到人類文明的廢墟

我是為你存活的一棵樹

承受你輝煌的苦難

有多少次我夢回上都河

金蓮花開芬芳四溢

繞古老烏忽爾沁敖包三圈

從早到晚

我心安詳甜蜜

上都啊　你在地上呼喚我

我應聲來到草原文明的廢墟

我是自己遺棄的一粒蒙古棋子

我是自己割捨的一塊綠地

我是自己挖掘的一面青銅鏡

照見我血管裡奔騰著成吉思汗的兩匹駿馬

和那位夢見豬拱城門逃之夭夭的妥歡鐵木爾汗[2]

歷經一百零五年六個月

從哈拉和林到上都

我悲愴淚如雨下

2

上都啊　你沒呼喚我

我自鄂爾渾河漂流而來

在你面前陷入沉思，馬可波羅年輕時

騎馬走過　耶律楚才留戀那片藍天

我的和林　我的上都

我的痛苦　我的愛

都帶來了　一百零八座白塔

都倒塌了　上都被考古學家發現

宮庭和外城已破爛不堪

青花瓷　馬奶宴

昔日光華　今日悲涼

如今　草叢生　無人問津

風景詩人薩都剌　涼爽的金蓮川

將軍詩人伯彥　浮雕上失傳的八思巴蒙古文字

七月七鬼節　上都紫菊

我飲過的馬奶酒　香河水

父親的故土

上都啊　我帶妻子

來了　把活生生的夢想

都帶來了　還有嘔心瀝血的詩篇

但十一位可汗已死　故都猶在

我渴飲上都清泉

走上通往大都的古道

眺望灰濛濛的蒼穹

在我身後

撒滿金蓮花的晚香

---

1. 上都是13世紀中葉蒙元帝國王朝（1271-1368）的夏都，由成吉思汗
   之孫忽必烈汗所建造。1260年忽必烈汗在此登基，也在此接見過馬可
   波羅（1254-1324），見證過蒙古民族的歷史，如今已成廢墟，列入
   世界文明資產。
2. 妥歡鐵木爾汗（Togoontumur）是元朝末代皇帝，即順帝，悲國亡，
   病死錦州，留下名詩〈哀大都〉。元朝從忽必烈汗到妥歡鐵木爾汗，
   共歷一百零五年六個月。

何時回我本尊

我在此高原出生
何時從馬背滑落

以天幕為家
以草為被

睡得深沉
何時會醒來

在這黃金的大地上
為何像乞丐活著
何時結束
這流浪般的生涯

抬頭望月

像狼在鐵欄內徘徊

歲歲年年

何時才能撕破世界悲情

以詩為日光

以河流為血液

何時沙漠變海洋

何時我才能翻身

以岩石為名

以乳汁維生

何時我才恢復本尊

何時我將應有作為

蒙古文字

蒙古文字

一路奔馳嘶鳴

像馬群

牧場遼闊的

草坪上

月亮和太陽

常駐我心中

久經地面迸出

神秘奇觀後

我在黑夜策馬行進

恐龍立體字形使我

神魂顛倒

其飛揚的字尾

彷彿在歡呼跳躍

傷心買醉

我時常如此

欣賞字體勝似

美女婀娜行走踊舞

在大街小巷

時而孤單時而熱狂

啊　我豔麗的女神

我全然沉迷在

白鹿和蒼狼的

古聲韻

把光彩傳播到

歐亞和地中海

照耀

山脈沙漠深谷河川

綿羊駱駝甚至繁星

我至愛的蒙古字

真像馬樁

深深敲釘入大地

依靠

夜幕下降
小麻雀還巢
無涯的宇宙
進入夢鄉

我獨醒
一手撐住夜
另一手
撐住自己

鄂嫩河

九月　大草原上的陽光
被雪緊緊抓住

這寬闊蜿蜒的河流
濕潤了我的眼睛

宿　命

我後悔無休止地征服
正如我貪酒無度
傷了心肺

我表現對人性的同情
為了和你在天上相見
最好是把鳥放生

哈拉和林

霧緩緩溢過青草地

妳忘情地貫注我傷感的詩篇

無視鄉思鳥在天空築新巢

或許我該傾囊獻出

在冬夜裡騎上老馬

和騎雪鹿的月亮並轡

草原之夜

月亮　在奶桶裡

聽母親哼著搖籃曲

甜甜入睡了

整個草原

映照在晶瑩的乳液裡

好像夢到遊子還鄉

回　憶

秋天　一隻小羊
在山坡上
打呵欠

那些好人
昨天帶來收穫
是黃梅

黃梅像蛋黃
拿在我手中
孵出一隻小雞

妳曾經握著我的手

越過斑馬線

有一天妳像紅太陽

在空中下墜

我的血液降到零

好心的保姆呀

我叫妳媽媽

我怎知道人生會是一場夢

當我醒來時

妳已離開這傷心的世界

雲

雲輕飄飄

我透過視窗

看見妳的側影

在傷心歎息

我看到最後的希望

飛逝

像一隻燕子

在雲間

妳呼喚我

親愛的寶貝

我們擁吻不理會世界

這一淺嘗

久已遺忘

在妳體內有了

真正的寶貝

黃　昏

紅潤的月亮照在

寂靜的草原上

我喜愛

穩定安詳

獨來獨往

夜藍　我又夢見家

水井和花邊瓷碗

我深信　母親答應過

要等我回來

可惜青春不再等我

做一個二十一世紀的詩人

哈 達

人類的生活法則正在被我們人類打亂。生物法則受到嚴重破壞,悲傷的事不斷發生,瀰漫著整個世界。但在敏感的詩人們看來「看似單純的問題,其實最富有意義」。

寫一首有詩意的詩的過程大概像一個婦女從開始受孕、懷胎,直到分娩。儘管這一比喻並不很新鮮,但它與我們的實際生活相關。

時代變了,世界對詩歌有新的要求。詩人已不可能只依靠文學天賦來寫作。詩人創造性的心靈衝破一切障礙,感受世界,接受新事物,接受來自生活中功利誘惑和虛榮心的挑戰。

詩人應該做的是用詩的語言創造意象，使每一個生動的意象變成一個鮮活的生命。詩意是被創造的，而不是被臨摹和複製的。無詩意的詩對世界是一個死胎。詩人的生命哲學猶如生活裡的空氣、水、陽光、火和泥土。詩人容易被萬物世界感動得流淚，為生命歡歌也承受痛苦。我們知道，詩是美的上升。但完美的詩歌並非是在完美中才創造出來的。最有詩意的愛情詩是在失戀後寫成的。具有世界性的詩也是在「流亡時期」完成的。我寫視野開闊的詩，富於和平屬性和人類的同情心。我有一天強烈的感受到，沉默的地球有必要發出自己的吶喊，或者讓詩替地球喊出自衛和回擊的呼聲。

　　如果詩歌的本質是揭示人類生存和生活的奧秘，那麼詩人就有永遠抒寫不盡的主題。詩人不是哲學家，但要有理性的智慧；詩人不是建築師，但純淨的心靈藍圖是宏偉的；詩人不是醫生，但開出的藥方適用於任何人；詩人不是園藝師，但讓詩的綠葉常新，詩人不是魔術師，但讓詩插上翅膀。

今天，至少目前，詩歌是不安的，彷彿有些惶惑和缺乏自信。

事實上，詩歌作為文學的一個不可分割部分，本身從未改變過。詩歌有其自身的規律和法則。違反詩的法則是對詩的褻瀆。詩歌作為不可迴避的情感文學的一種語言藝術，詩將永遠是詩。它始於心靈的最深處，成長於人類的童年期。詩的成熟期如同紅蘋果落地，味道是否可口，在讀者中接受檢驗。一行行陌生面孔的詩漸漸變得親切、閃亮。一首詩在茫茫的人海中找到知己。詩總是對世界有著人對天氣變化一樣的敏感。現代詩並不獨立於古典詩之外，其詩的本質仍是相通的。詩意在不同時代同樣喚起人性的良知和美，同樣有助於記憶和認識我們人類和自然的關係。

我們蒙古人哪裡水草豐美，就在那裡定居生活下來。我青年時代在詩寫作上，受到瑞典詩人馬丁松（Hanry Martison）之「遊牧哲學」的啟示：生命的更新才會顯出活力和意義。這一生命哲學的詩意是讓所

有詩有所不同，但又保持獨立的個性氣質。這適合於多姿多采的生活和文學，其精神實質是超國界的。

詩人永遠不會是「寄生蟲」。恰恰是具有獻身藝術精神的約瑟夫‧布羅茨基（Joseph Brosky），永遠在探索，成為現代詩人的楷模。

21世紀的詩人不只是一隻會叫的夜鶯。不光只會低頭尋找自己的食物，也把尋找到的食物分配給饑餓的人。這一世紀的詩歌發出的聲音有別於上個世紀，又沿著上個世紀偉大探索者的足跡繼續前進。未來的詩歌可能在前進的路上會更孤獨，但也會愈是人道主義精神的詩歌。主題更廣闊的詩歌超越時空、文化和地域，民族的、種族的距離，與地球村的人類進行對話和交談。詩將永遠溫暖我們受傷的靈魂。激起我們心底的浪花，永遠待我們人類親如兄弟姊妹。創造性的天才詩人們透過藝術作品的意象捍衛個體的人性和人格。詩人出於對世界的反思，從整個宇宙的和諧出發，關心個體以及全體人類的命運。

真正的現代詩不是在讀者心間豎起柵欄，而是努力在群體和個體的相互關係上尋求平等和溝通。放眼於世界的詩人，有大抱負的詩人，對和平負起自己的重任，反對戰爭。借用愛爾蘭詩人希尼（Seamus Heaney）的話說就是：「詩歌所做的事，現在與將來都將永遠為詩歌增光。」

【附錄二】
森道‧哈達年表

>> **1961年**

10月24日，出身書香家庭。祖籍今內蒙古正藍旗。祖父波彥
把德爾庫有察哈爾草原貴族血統。父親早年在劇院當經理，
後為蒙古語文學雜誌社編審，民族曲藝團長。母親為博物館
民族學部講師，出訪過美國。

>> **1973年**

進市立最好的第二中學校蒙古語班就讀。

>> **1984年**

在父親推薦下進入文學藝術研究所，擔任藝術期刊助理編
輯。通讀蒙古文史三大寶典《蒙古秘史》、《蒙古黃金
史》、《蒙古源流》。

>> 1989年

第一部抒情詩集《牧歌和月光》出版，被世界聯合國圖書館OCLC收藏。

>> 1991年

定居蒙古首都烏蘭巴托。

>> 1992年

旅行蒙古塔咪爾河、色楞格河、鄂爾渾河、北部中亞最深之庫蘇古爾湖。

>> 1994年

於蒙古國立師範大學就讀蒙古民間文學。漢語詩首次出現在台灣《笠》詩刊。

>> 1996年

詩集《岩之頌》出版。出席日本世界詩人會議。旅行東京、京都。寫組詩《日本海的風》。漢語詩發表在台灣《秋水》

詩刊。英語詩發表在紐西蘭《地平線》雜誌。日語詩發表在東京《地球》詩刊。

>> 1997年

出席首爾世界詩人會議。韓語詩發表在《韓國生活文學》。詩二首發表在韓國《世界詩》年刊。

>> 1998年

英語詩出現在印度泰戈爾獎詩人克里希納主編的《詩人》月刊。加入蒙古國作家聯盟。成為蒙古圖書出版委員會創會會員。8月出席斯洛伐克世界詩人會議。

>> 1999年

詩發表在《以色列之聲》詩刊。2月獲雅典國際聖瓦倫丁節詩歌獎。8月在烏蘭巴托主持第6屆亞洲詩人會議。10月出席蒙古作家聯盟成立70週年大會。11月受到西班牙瓦倫西亞評論家委員會邀請。12月加入設在美國的國際作家協會。

>> 2000年

被印度國際詩人學院授予千禧年詩人獎。詩選《大地之語》

由美國會圖書館註冊，國際作家協會出版發行。10月受到日本東京世界詩歌節邀請。

>> 2001年

被英國劍橋國際傳記中心提名21世紀傑出成就獎。韓國的世界詩歌研究所推舉為理事。

>> 2002年

6月詩發表在印度《METVERSE MUSE》詩刊。10月被世界文化藝術學院授予榮譽文學博士。11月受日蒙交流協會會長有馬敲的邀請訪日。12月在東京受到日本詩人秋谷豐、詩界名流新川和江的熱情接待。

>> 2003年

4月在香港《詩網路》期刊發表蒙古詩人納楚克道爾基長詩漢譯《我的故鄉》。6月以桂冠詩人作品刊登在印度《國際詩壇》。8月以大詩人作品介紹在韓國詩刊《高麗的月光》。9月編譯出版日本詩人《谷川俊太郎詩選》（蒙古語版）。

>> 2004年

1月詩發表在印度《世界詩》年刊。4月受到中國西南大學新詩研究所舉辦首屆華文詩學名家國際論壇邀請。9月五首詩刊載於《國際詩人大辭典》（首爾版）。

>> 2005年

3月受到台灣高雄世界詩歌節邀請。5月任蒙古《匈奴》藝術雜誌創刊編委。6月選為蒙古詩歌文化學院董事會成員。7月在蒙古編譯出版台灣詩人《李魁賢詩選》（蒙漢雙語版）。在烏蘭巴托主持首屆台蒙詩歌節。9月詩三首發表在《文學台灣》期刊。11月詩集《草原》出版。12月受到東京亞洲環太平洋詩人會議邀請。

>> 2006年

2月獲莫札特週年阿波羅獎（希臘國際作家藝術家協會頒發）。4月詩四首發表在英國《THE POETIC CIRCLE》。8月編譯出版台灣詩人《莫渝詩選》（蒙古語版）。9月被授予蒙古帝國八百週年成吉思汗勳章。12月在烏蘭巴托創刊英文版《世界詩歌年鑒》。

>> 2007年

1月獲最佳國際詩人獎（國際詩歌研究翻譯中心頒發）。2月獲頒雅典市政大廳BPABEIO獎。3月詩五首在《台灣現代詩》發表，台灣詩評家發表評論。4月受到希臘舉辦首屆國際作家會議邀請。5月詩二首選入《蒙古最佳詩選》（烏蘭巴托版）。6月接到羅馬尼亞國際詩歌之夜狂歡節邀請。8月葡萄牙語詩在巴西《AVOZ》發表。9月接到印度第三屆國際作家會議邀請。10月在高雄獲頒文學台灣基金會詩歌貢獻獎。11月受到希臘薩拉米納第3屆國際詩歌研討會邀請。12月出席中國漳州林語堂國際學術研討會並發表演講。被奧地利文化代表大會聯盟授予文學成就獎。

>> 2008年

1月羅馬尼亞語詩發表在羅馬尼亞Centrul Cultural Pitesti。3月詩〈和平頌〉被聯合國和平大使提交教科文組織，收到法國阿爾卑斯山詩人會議邀請。在烏蘭巴托編譯出版中國詩人《駱英詩選一百首》（蒙語版）。4月詩被翻譯成德語。5月在巴黎被選為ASCOP世界公民大會議會顧問。6月詩三首在莫斯科《Журнал Поэтов》發表。7月作品在溫哥華BC國際廣播台以西班牙語和英語向全球朗讀播放。8月詩發表在以色列《maayan》文學藝術期刊。9月獲創造性巨人獎（印度HOLI

頒發）。10月成為蒙古國人文科學院專員。在烏蘭巴托舉辦
21世紀亞洲——中日蒙詩歌節。11月法語詩發表在法國1955
年創刊的《Art et Poesie de Touraine》。12月法語詩二首在法
國《JALONS》發表。

>> 2009年

1月西班牙語詩四首在阿根廷《NOVEDADES DE LA
CULTURA》發表，轉刊在委內瑞拉《社會國際藝術》。詩
發表在印度《AYUSH》文學雜誌。2月受到尼加拉瓜第5屆格
瑞納達國際詩歌節邀請。被加拿大世界詩協推舉為世界詩歌
委員會國際委員。3月詩集《回歸大地》出版。成為蒙古國
作家聯盟獎得主。詩發表在德國WELTTAG DER POESIE。4
月被選舉為阿爾巴尼亞國際作家藝術家聯盟主席團成員。蒙
古語長詩〈上都悲歌〉第一部分發表在《錫林郭勒文學》。
5月土耳其語詩三首發表在伊斯坦布爾的《Çevirmenin Notu》
詩刊。詩集《回歸大地》被譯成希臘文。6月詩發表在西班
牙Poetry International詩刊。詩被譯成荷蘭語。詩三首發表在
尼泊爾PEN HIMALAYA詩刊。7月作為蒙古當代十位詩人在
土耳其詩刊譯介。出版李魁賢詩集《黃昏時刻》蒙英雙語詩
集。詩被翻譯成印尼語。出席烏蘭巴托第3屆台蒙詩歌節。8
月詩發表在美Poetry Sky季刊。9月格魯吉亞語詩發表在《格
魯吉亞文學》。10月希伯來語詩在以色列《詩刊》發表。

詩　評

哈達的詩，使我看見遊牧民族，沙漠……帶我知道那
片遙遠的土地，成吉思汗……

——麗娜（墨西哥）

哈達作為一個詩人，來自遼闊的蒙古草原，其廣闊的
視野，包含了整個世界。

——斯滕迪戈・林德伯格（以色列）

我很喜歡哈達的詩，因為他的詩能喚起感情。

——林音・可菲恩（美國）

我一向喜歡哈達的詩有情感又有意象，他所做的對世界詩歌交流將永久產生影響和留下紀錄。〈給帕茲〉這首詩氣象磅礴，把帕茲和墨西哥灣合而為一，又暗喻帕茲詩有如藍海之廣闊，對蒙古之愛更令人動容，乃真正上乘的懷鄉詩。

——李魁賢（台灣）

詩集《回歸大地》給了我一個廣泛意義上的空間，蒙古，也使我難過文化已遺失。他們也讓我想起電影《哭泣的駱駝和黃狗》。

——理查・伯恩斯（英國）

國家圖書館出版品預行編目

回歸大地 / 森道.哈達著；李魁賢譯 -- 一版
. -- 臺北市：秀威資訊科技, 2010. 01
面；　公分. --（語言文學類；PG0308）

BOD版
作者蒙古人
譯自：Come back to earth
ISBN 978-986-221-332-2（平裝）

851.486　　　　　　　　　　　98019651

 語言文學類　PG0308

回歸大地

作　　　者 / 森道・哈達（Sendoo Hadaa）
譯　　　者 / 李魁賢
發　行　人 / 宋政坤
執 行 編 輯 / 林世玲
圖 文 排 版 / 鄭維心
封 面 設 計 / 陳佩蓉
數 位 轉 譯 / 徐真玉　沈裕閔
圖 書 銷 售 / 林怡君
法 律 顧 問 / 毛國樑　律師
出 版 印 製 / 秀威資訊科技股份有限公司
　　　　　　台北市內湖區瑞光路583巷25號1樓
　　　　　　電話：02-2657-9211　傳真：02-2657-9106
　　　　　　E-mail：service@showwe.com.tw
經　銷　商 / 紅螞蟻圖書有限公司
　　　　　　台北市內湖區舊宗路二段121巷28、32號4樓
　　　　　　電話：02-2795-3656　傳真：02-2795-4100
　　　　　　http://www.e-redant.com

2010 年 1 月　BOD 一版
定價：140 元

讀　者　回　函　卡

感謝您購買本書，為提升服務品質，煩請填寫以下問卷，收到您的寶貴意見後，我們會仔細收藏記錄並回贈紀念品，謝謝！

1. 您購買的書名：＿＿＿＿＿＿＿＿＿＿＿＿＿＿＿＿＿＿

2. 您從何得知本書的消息？

　　□網路書店　□部落格　□資料庫搜尋　□書訊　□電子報　□書店

　　□平面媒體　□ 朋友推薦　□網站推薦 □其他＿＿＿＿＿＿

3. 您對本書的評價：(請填代號　1.非常滿意 2.滿意 3.尚可 4.再改進)

　　封面設計＿＿＿　版面編排＿＿＿　內容＿＿＿　文/譯筆＿＿＿　價格＿＿＿

4. 讀完書後您覺得：

　　□很有收獲　□有收獲　□收獲不多　□沒收獲

5. 您會推薦本書給朋友嗎？

　　□會　□不會，為什麼？＿＿＿＿＿＿＿＿＿＿＿＿＿＿＿＿＿

6. 其他寶貴的意見：＿＿＿＿＿＿＿＿＿＿＿＿＿＿＿＿＿＿

＿＿＿＿＿＿＿＿＿＿＿＿＿＿＿＿＿＿＿＿＿＿＿＿＿＿＿＿

＿＿＿＿＿＿＿＿＿＿＿＿＿＿＿＿＿＿＿＿＿＿＿＿＿＿＿＿

＿＿＿＿＿＿＿＿＿＿＿＿＿＿＿＿＿＿＿＿＿＿＿＿＿＿＿＿

讀者基本資料

姓名：＿＿＿＿＿＿＿＿＿＿　年齡：＿＿＿＿　性別：□女 □男

聯絡電話：＿＿＿＿＿＿＿＿　E-mail：＿＿＿＿＿＿＿＿＿＿

地址：＿＿＿＿＿＿＿＿＿＿＿＿＿＿＿＿＿＿＿＿＿＿＿＿＿

學歷：□高中(含)以下　　□高中　□專科學校　□大學

　　　□研究所(含)以上 □其他＿＿＿＿＿＿＿＿

職業：□製造業 □金融業 □資訊業 □軍警 □傳播業 □自由業

　　　□服務業 □公務員 □教職　□學生 □其他＿＿＿＿＿＿

(請沿線對摺寄回,謝謝!)

秀威與 BOD

BOD（Books On Demand）是數位出版的大趨勢，秀威資訊率先運用 POD 數位印刷設備來生產書籍，並提供作者全程數位出版服務，致使書籍產銷零庫存，知識傳承不絕版，目前已開闢以下書系：

一、BOD 學術著作—專業論述的閱讀延伸
二、BOD 個人著作—分享生命的心路歷程
三、BOD 旅遊著作—個人深度旅遊文學創作
四、BOD 大陸學者—大陸專業學者學術出版
五、POD 獨家經銷—數位產製的代發行書籍

BOD 秀威網路書店：www.showwe.com.tw
政府出版品網路書店：www.govbooks.com.tw

永不絕版的故事・自己寫・永不休止的音符・自己唱